Ullstein

ÜBER DAS BUCH:

Kinder werden heutzutage durch Umwelt und Erwachsene häufig überfordert. Für sie ist Yoga ein geeigneter Weg, um zu größerer innerer Ruhe zu gelangen. Außerdem fördert Yoga sowohl Entspannungs- als auch Konzentrationsfähigkeit und verhilft zu größerem Selbstbewußtsein.
Den Erfolg der im Buch vorgestellten Yogaübungen hat ein Projekt mit 1200 sechs- bis vierzehnjährigen Kindern bewiesen, die an Haltungsschäden, Überaktivität und Konzentrationsschwierigkeiten litten. Sie erhielten einmal wöchentlich Yoga-Unterricht. Nach Abschluß des Pilotprojektes wurde eine außerordentliche Besserung der Störungen (um 92%) beobachtet. Die Wünsche und Anregungen der an dem Projekt beteiligten Kinder sind in diesen Ratgeber eingeflossen.

DIE AUTORIN:

Susi Rieth, in Graz geboren, fing schon sehr früh an, als Redakteurin für Zeitungen zu arbeiten. Die gelernte Freskomalerin und Gebrauchsgrafikerin kam nach einem schweren Unfall im Alter von 17 Jahren mit Yoga in Berührung, mit dessen Hilfe sie ihre Bewegungsfähigkeit wiedererlangte. Dem österreichischen Publikum ist Frau Rieth schon lange als Yoga-Autorin durch ihre Fernsehsendungen bekannt.

Weitere Veröffentlichungen:
Mit Yoga durchs Jahr (1990); Das Yoga-Lexikon (1990); Harmonieübungen (1993).

Susi Rieth

Yoga für Kinder

in Märchen erzählt

Mit zahlreichen Abbildungen

Ullstein

Ratgeber
Ullstein Buch Nr. 35398
im Verlag Ullstein GmbH,
Frankfurt/M – Berlin

Ungekürzte Ausgabe
Mit zahlreichen Abbildungen

Umschlagentwurf:
Friedemann Porscha
Unter Verwendung eines Fotos des
IFA-Bilderteams – West Stock

Taschenbuchausgabe mit freundlicher
Genehmigung der F. A. Herbig
Verlagsbuchhandlung GmbH, München

Printed in Germany 1994
Druck und Verarbeitung:
Ebner Ulm
ISBN 3 548 35398 3

Mai 1994
Gedruckt auf alterungs-
beständigem Papier mit
chlorfrei gebleichtem Zellstoff

Von derselben Autorin
in der Reihe
der Ullstein Bücher:
Mit Yoga durchs Jahr (34692)
Das Yoga-Lexikon (34946)

Die Deutsche Bibliothek –
CIP-Einheitsaufnahme

Rieth, Susi:
Yoga für Kinder: in Märchen erzählt /
Susi Rieth. – Frankfurt/M; Berlin:
Ullstein, 1994
(Ullstein-Buch; Nr. 35398: Ratgeber)
ISBN 3-548-35398-3
NE: HST; GT

Inhalt

Vorwort

Liebe Yogafreundin und lieber Yogafreund!

Ein Yogawichtl mit seinem Zauberstab und unzählige Kinder denken lieb an dich, wenn du in dem Buch die Bilder betrachtest und die Märchen dazu liest.
Yogaübungen kannst du in der Schule mit deinen Mitschülern unter Anleitung eines Yogalehrers machen. Auch zu Hause kannst du Yoga »spielen«. Entweder alleine, oder du lädst dir dazu deine liebsten Freunde ein. Dieses Buch will dir dabei helfen.
Nicht nur die Kinder, die du auf den Fotos siehst, lassen dich grüßen, sondern auch tausend Kinder aus Tirol, die dieses Buch gemeinsam erfunden haben.
Immer wieder kam es vor, daß diese Kinder die Yogaübungen verwechselten oder vergaßen, weil sie kein Buch hatten, in dem sie nachsehen konnten. Und eines Tages beschlossen die Kinder, etwas dagegen zu tun. Sie wünschten sich alle gemeinsam ein Yogabuch mit Yogaübungen vom Yogawichtl.
Alle Kinder schrieben in Briefen ihre Lieblingsübungen auf oder zeichneten sie. Die von den Kindern geschriebenen Briefe mit den wunderschönen Zeichnungen wurden in die Hauptstadt von Tirol, nach Innsbruck, zur Zentrale der Tiroler Erwachsenen-Yoga-Schule geschickt. Von dort wurden die vielen Briefe an den Yogawichtl weitergeleitet.

Der Yogawichtl, der alle Kinder der Welt von Herzen liebt, las aufmerksam die Wünsche der Kinder und bewunderte die schönen Zeichnungen. Dann setzte er sich an seinen Arbeitstisch und schrieb nach den Wünschen der Kinder das Buch, in dem du jetzt gerade liest. Um den Mädchen und Buben eine zusätzliche Freude zu bereiten, erzählte er zu jeder Yogaübung ein Märchen, in dem sie erfahren, was ein Yogawichtl alles zu tun hat.

Yogawichtl sind überall, wo Yogaübungen gemacht werden. Manchmal können die Kinder sie sehen. Empfinden können die Kinder immer, wenn ein Yogawichtl in ihrer Nähe ist. Yogawichtl haben eine so liebe Ausstrahlung, daß jedes Kind sie fühlen kann und sich entspannt und angenehm wohl fühlt.

Der Yogawichtl persönlich führt dich jetzt zur ersten Yogaübung *Die Begrüßung* und wünscht dir dabei viel Freude und Spaß.

Begrüßung und Gebet

Auf der Straße begegnen sich zwei kleine Yogaschüler. Jeder trägt eine weiche Decke bei sich und ist für den Yogaunterricht angezogen. Sie bleiben voreinander stehen, falten die Hände über der Brust, schließen ihre lieben Gedanken in ihr Herz ein und verneigen sich voreinander. Dazu sagen sie: »Glück und Liebe jeden Tag.«

Das ist der Gruß, mit dem sich alle Yogaschüler grüßen. Das Falten der Hände über der Brust und das gleichzeitige Verneigen ist eine uralte Geste der Ehrerbietung, und Menschen auf der ganzen Welt kennen diesen Gruß.

Die Yogaübung *Das Gebet* wird ebenfalls stehend gemacht. Dabei schließt du die Füße, machst die Augen zu und stellst dir vor, daß dein Schutzengel hinter dir steht.

Ich selbst habe schon hinter Kindern und an ihrem Bett große, schöne Engel stehen gesehen. Sie haben meine Gebete für verletzte und kranke Kinder erfüllt und sie wieder gesund gemacht. Die Schutzengel der Kinder sind wunderschön. Sie strahlen so viel Liebe, Zärtlichkeit und Geborgenheit aus, daß einem ganz warm ums Herz wird, wenn man sie sehen oder fühlen kann.

Berühmte Maler auf der ganzen Welt haben Engel gesehen und für uns gemalt. Und berühmte Bildhauer haben die Engel, die sie gesehen haben, für uns in Holz geschnitzt.

Diese Yogaübung stärkt deine Gedankenkraft und beruhigt deine Nerven, wenn du ängstlich oder unaufmerksam und nervös bist.
Du schließt die Füße und machst die Augen zu. Die Hände legst du wie im Gebet aneinander und preßt deine Hände und deine Unterarme gegen den Oberkörper.
Gleichzeitig stellst du dir in Gedanken vor, daß dein Schutzengel hinter dir steht. Wünsch dir etwas von ihm, sprich in Gedanken mit ihm und frage ihn, wenn du etwas von ihm wissen möchtest.

VOLKS
SCHULE

Die Schaukel

Ein richtiges Schaukelpferd muß aus Holz sein. Es wird in der Holzwerkstatt der Yogawichtl vom Spielzeugerfinder entworfen. Lange Zeit sitzt er dort und zeichnet und denkt nach, bis das Schaukelpferd lustig aussieht.
Der Holzwerkzeugwichtl muß nun die Zeichnungen genau studieren und dann das Schaukelpferd aus Holzteilen zusammenfügen. Gebückt steht er da und leimt und hämmert die Holzteile zusammen, bis das Schaukelpferd fertig ist. Sein Rücken tut ihm vom Bücken weh.
Als nächster bekommt der Anstreichwichtl das Schaukelpferd. Er überlegt, welche Farben die Kinder lieben, und welche Muster. Dann mischt er die Farben und streicht das Schaukelpferd bunt an. Er stöhnt. Vom Sitzen schmerzt ihm der Rücken.
Zum Abschluß kommt das Schaukelpferd zum Tapezierwichtl. Er steckt schwarze Pferdehaare in die Holzlöcher, die der Holzwerk-

Setze dich auf den Boden. Verschränke die Hände in den Kniekehlen, atme aus und schaukle dabei weit zurück. Mit dem Einatmen schaukelst du nach vorwärts.
Schaukle 20- bis 25mal vor und zurück.

ROT

zeugwichtl dafür gemacht hat. Jetzt besitzt das Schaukelpferd eine herrliche Mähne und bekommt einen ebenso schönen Schweif. Dann wird ihm eine Satteldecke aus rotem Stoff aufgelegt, und es bekommt ein wunderschönes Zaumzeug aus Leder und Messingbeschlägen.
Stolz steht das Schaukelpferd in der Werkstatt. Es ist schön anzusehen. Die Freunde der Yogawichtl kommen herein und bestaunen es. Und dann, bevor das Schaukelpferd zu einem lieben, freundlichen Kind verschickt wird, dürfen immer zwei liebe Freunde darauf reiten. Sie schaukeln hin und her, und die anderen sehen zu oder bewundern die Holzspielsachen in der Holzwerkstatt.
Abends, wenn die Werkstatt geschlossen wird, gehen alle müde von der Arbeit nach Hause. Und damit der Rücken gesund und elastisch bleibt, üben alle Wichtl *Die Schaukel.*

Die gesegnete Stellung

Vor einem Tempel saß jeden Tag eine kranke alte Frau und bot in einem Korb Obst an. »Leute aus der Nachbarschaft, kommt her, kauft Obst bei mir!« rief sie.

Ein kleiner Yogaschüler mit einem so lieben Gesicht, daß jedem warm ums Herz wurde, der es ansah, eilte auf die Obstfrau zu. In der Hand trug er ein Reiskorn, das er gegen eine Frucht tauschen wollte. Vor lauter Eile fiel ihm das Reiskorn aus der Hand. Die Obstfrau lächelte und sagte: »Du bist gekommen, um dein Reiskorn gegen eine Frucht zu tauschen. Du hast das Reiskorn fallen gelassen, aber nimm dir soviel du möchtest.« Und sie legte ihm so viele Früchte in die Hände, wie er tragen konnte.

Der kleine Yogaschüler, der in Wirklichkeit ein Yogawichtl war, der die Gestalt eines Yogaschülers angenommen hatte, zeigte der kranken Frau *Die gesegnete Stellung*, und sie blieb einige Zeit so sitzen.

Als sie aufstand, war sie jung, gesund und schön. Ihre Augen suchten den kleinen Yogaschüler, aber er war spurlos verschwunden. In ihrem Korb lagen keine Früchte mehr, sondern kostbare Juwelen und Gold, weil alles, was mit Liebe und Zuneigung verschenkt wird, belohnt wird.

An dem Platz, an dem die gütige Frau immer gesessen hatte, wuchs ein seltsamer heiliger Baum. Viele Kinder pilgerten dorthin, um ihn anzuschauen, denn an seinen Ästen hingen bunte Edelsteine, die am

Tag glitzerten und funkelten wie die Sonne und in der Nacht so hell und still leuchteten wie die Sterne und der Mond. Wenn jemand die Edelsteine berühren wollte, verwandelten sie sich augenblicklich in eine Frucht und zwischen den Blättern hörte man ein helles Lachen, das wie das Läuten von kleinen Glöckchen klang.

Knie dich nieder auf deine Decke. Ergreife die beiden großen Zehen mit den Fingern und lege das Kinn auf die Brust. Schließe die Augen und stell dir vor, wie das liebe Gesicht des kleinen Yogaschülers aussieht, der der Freund aller lieben Menschen ist und das Gute immer belohnt.

Der Tempeltänzer

Es gibt ein lustiges Yogaspiel. Es wird Versteinern genannt. Alle Kinder machen eine Yogaübung und bleiben versteinert in dieser Position stehen. Ein Kind bekommt einen Zauberstab, stellt sich vor eines der Kinder, spricht laut den Namen der Yogaübung aus, die das versteinerte Kind macht und berührt es mit dem Zauberstab. Das versteinerte Kind ist befreit, bekommt den Zauberstab und darf nun wiederum ein anderes Kind befreien. Versteinert bleiben zum Schluß nur die Kinder, die eine Yogaübung falsch machten, und die der Zauberer mit dem Zauberstab deswegen nicht erkennen kann.
In Turnsälen, in denen im Yogaunterricht das Versteinern gespielt wird, sehen heimlich immer viele Tiere zu. Und wenn nachts der

Stelle dich auf das rechte Bein, hebe den linken Fuß. Halte die linke Hand nach unten und die rechte Hand nach oben. Du kannst es auch etwas anders machen: Stelle dich auf das linke Bein, hebe die linke Hand über den Kopf. Lege das rechte Bein quer über das linke und die rechte Hand an den Bauch. Bleibe versteinert in dieser Position, solange es dir gefällt.

Mond in den leeren, stillen Turnsaal scheint, dann kommen lustige Tiere mit einer weichen Decke oder einem kuscheligen Blatt und spielen mit dem Yogawichtl versteinern. Man kann nachts lustiges, leises Lachen hören von heiteren, übermütigen Tieren, die durch Türritzen und Fenster hereingeschaut haben, während Yogaunterricht war. Besonders gekonnt sieht es aus, wenn man bei der Yogaübung *Der Tempeltänzer* versteinert. Deswegen ist diese Übung, die die Konzentration festigt und den Körper wunderbar durchblutet, bei Kindern und Tieren sehr beliebt. Und so macht auch ein Hirschkäfer oder ein Frosch den *Tempeltänzer.* Wenn er aber falsch gemacht wird, kann ihn der Yogawichtl nicht befreien.

Der Diamantsitz

Es donnerte und regnete, und der Himmel war so schwarz, daß man nichts lesen konnte ohne Licht. Es war zwölf Uhr Mittag, als auf den Stufen vor einer ärmlichen Holzhütte im Wald ein Bündel mit neugeborenen Zwillingen abgelegt wurde.

Die alte, liebe Frau, die in der Hütte wohnte, nahm die beiden Zwillingsmädchen bei sich auf und zog sie wie ihre eigenen Kinder groß. Die drei waren so arm, daß die Mädchen, als sie so groß waren, daß sie einen Sack tragen konnten, mithelfen mußten, Geld zu verdienen – sonst wären sie alle verhungert. Die drei trugen täglich einen schweren Sack, gefüllt mit Tannenzapfen und Moos, hinunter in die Stadt und verkauften alles an Gärtnereien, die daraus schöne Gestecke und Kränze anfertigten. Trotzdem fehlte es immer an Milch und Brot. Die Zwillinge bekamen einen schwachen Rücken und verlernten das Lachen. Zu allem Unglück starb ihre Ziehmutter an Altersschwäche.

Schwer schleppten die Zwillinge ihre Säcke ins Tal, und ihre jungen Rücken schmerzten mit jedem Tag mehr. Eines Tages stand ein Fremder vor ihnen. Er grüßte in einer fremden Sprache, lächelte und gab ihnen eine Papierrolle. Dann war er verschwunden, und wo er gestanden hatte, blieb leuchtendes Sternenlicht zurück.

Auf der Papierrolle stand eine Yogaübung, die *Der Diamantsitz* heißt. Es stand zu lesen, daß man die Yogaübung jeden Tag machen sollte, damit Knochen, Körper, Seele und Verstand gestärkt würden. Die Zwillinge folgten den Anweisungen genau und übten täglich den *Diamantsitz.* Bald sahen sie gesund und strahlend aus, und obwohl sie schwer arbeiten mußten, lachten und scherzten sie den ganzen Tag lang.

Da besuchten immer mehr Kinder die lustigen Zwillinge im tiefen Wald und spielten und machten Yogaübungen mit ihnen. Und allen Kindern wurde Gesundheit, Heiterkeit, ein starker Wille und ein klarer Verstand geschenkt – so klar und hart wie ein Diamant.

Knie dich nieder, das Gewicht ruht auf den Fersen. Deine Hände liegen auf den Oberschenkeln. Sitze bewegungslos still, solange es dir gefällt, und denke darüber nach, wie es wohl den Zwillingen im Wald draußen gehen mag.

Die Windmühle

Der Wind ist ein unberechenbarer Geselle. Zart bläst er in die Frühlingsblüten der Bäume und Büsche. Aber er schiebt auch dunkle Wolkenbänke zusammen, so lange, bis es aus ihnen grollt, blitzt und Regen und Hagel zur Erde prasselt. Mutwillig türmt der Wind die Wellen des Meeres höher als Häuser auf, bis sie türkisblau leuchten, schwarz schimmern und schneeweiße Schaumkronen tragen.
Im Winter haucht der Wind auf Flüsse und Seen, und sie erstarren zu durchsichtigem Eis. Den Regen verwandelt er in dicke Schneeflokken und macht warme Winterdecken für die kahlen Felder und Bäume aus ihnen. Übermütig spielt er mit tausend Wolkenbällchen bei Föhnwetter, bläst hohe Windhosen über die Wüste und erschreckt die Menschen mit Wirbelstürmen.
Die Kinder lassen den Wind mit ihren Drachen spielen, Windmühlen lassen ihre Flügel von ihm bewegen, Fahnen auf den Dächern von

Hebe die Arme hoch und balle die Hände zur Faust. Atme ein. Halte den Atem an. Kreise mit angehaltenem Atem wie die Windmühle fünfmal nach vorwärts, dann atme heftig durch den Mund aus. Jetzt wieder einatmen, Atem anhalten und fünfmal rückwärts kreisen, dann heftig durch den Mund ausatmen.

VINO

Burgen und Schlössern flattern unter seinem Atem. Wetterhähne dreht er so schnell er kann, und unzählige Segel bläht er mit seinem Atem auf, so daß die Schiffe schnell um die ganze Welt segeln können.
Einmal im Jahr, immer in der Silvesternacht, kehrt der Wind bei dem Yogawichtl ein, um sich von ihm bewirten zu lassen. An diesem Festtag stellen die Freunde des Yogawichtls die besten Früchte, Eisbecher, Süßigkeiten, Fleischspeisen und wunderbaren Wein auf den großen Tisch. Und die Eichhörnchen, Mäuse und Hasen kommen, um leckere Mehlspeisen für den Wind zu kochen. Der Tisch ist mit goldenem Geschirr gedeckt, auf dem Edelsteine funkeln, und zwei kostbare Gläser werden hervorgeholt, aus denen der Wind und der Yogawichtl sich zutrinken.
Und wenn die Feuerwerkskörper krachen und bunte Sternlein vom Nachthimmel regnen, wenn es Silvester ist, dann hat niemand soviel Freude daran wie der Wind. Der Wind ist dann immer sehr faul und bleibt lange bis nach Mitternacht sitzen. Er erzählt wunderbare Geschichten aus allen Ländern der Erde. Und wenn er besonders übermütig ist, zeigt er seine Lieblingsübung, *Die Windmühle*, die er immer vor dem Aufstehen macht, um in Schwung zu kommen.
Auch vor dem Schulbesuch ist das eine wunderbare Übung, um frisch und aufmerksam dem Unterricht zu folgen.

Die Vorwärtsbeuge

Du weißt wahrscheinlich, daß Gott Noah befahl, einen Kasten aus Tannenholz zu bauen und darin von jeder Tierart ein Paar unterzubringen. Alle Tiere hatten ein wenig Angst und waren nervös, bis sie im Gedränge von Tausenden verschiedener Tiere ihren Platz in der Arche gefunden hatten. Noch unruhiger wurden sie, als es draußen zu regnen begann. Vierzig Tage lang regnete es ununterbrochen, und das Wasser stieg über die höchsten Berge empor. Die Tiere fuhren in ihrer Arche über ein endloses Meer, das die ganze Erde bedeckte.
Da übte der Yogawichtl, der überall ist, wo Hilfe gebraucht wird, mit den vielen verschiedenen Tieren die Yogaübung *Die Vorwärtsbeuge.* Jedes Tier suchte sich einen Partner. Beide setzten sich auf den Boden und übten zehn Minuten lang die Vorwärtsbeuge, die berühmt dafür ist, daß sie beruhigend wirkt und die Atmung langsam werden läßt, damit sich Geist und Körper entspannen. Und irgendwann schickte Gott den Wind, und die Wasser fielen, bis man die Spitzen der Berge wieder sehen konnte.
Noah öffnete das Fenster der Arche und schickte den Raben hinaus. Der flog hin und her und fand keinen Platz zum Landen. Da schickte Noah eine Taube hinaus, um zu erfahren, ob die Wasser sich verlaufen hätten. Aber auch die Taube kam zurück. Nach noch einmal sieben Tagen schickte Noah wieder die Taube hinaus, und sie kehrte zurück mit einem grünen Blatt im Schnabel.

Da wußte Noah, daß er und die vielen Tiere hinausgehen konnten. Und er sah, daß die Erde von ihm bepflanzt werden konnte und er und alle Tiere genügend zum Essen und Trinken haben würden. Natürlich hat keines der Tiere *Die Vorwärtsbeuge* vergessen, die ihm Ruhe und Kraft schenkte, als es über das Wasser fuhr. Und wer weiß, vielleicht hat auch Noah diese Yogaübung gekannt, denn als er starb, war er neunhundertundfünfzig Jahre alt, und es heißt, daß diese Übung ein langes, gesundes Leben ermöglicht.

Setze dich auf den Boden. Nimm die Zehen in die Hände oder lege die Hände auf das Schienbein und senke den Kopf. Atme langsam und ruhig 50mal durch die Nase und stelle dir vor, mit welchem Tier aus der Arche Noah du am liebsten diese Übung machen möchtest.

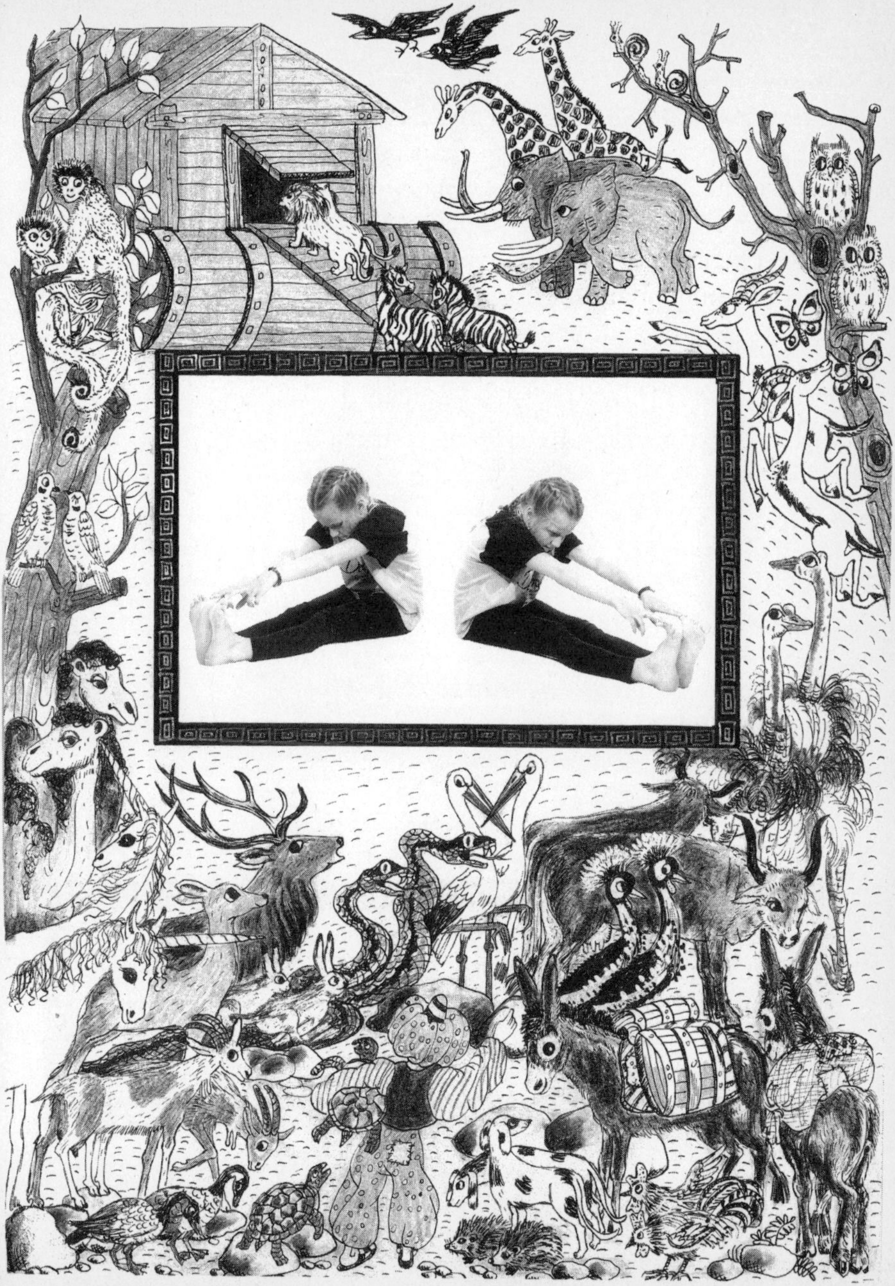

Die Palme

Obwohl es ihre Eltern streng verboten hatten, liefen Pepe und Rosita in den dichten tropischen Urwald, um dort zu spielen. Während sie im Dickicht spielten, hörten sie eine Faultiermutter verzweifelt um Hilfe rufen. Ihr Kind war vom Baum, an dem die Mutter hing, heruntergefallen und war nun am Boden völlig hilflos, weil sich Faultiere dort nur sehr schwer und langsam bewegen können. Nur zwischen den Ästen und im Wasser sind sie geschickt.
Aus dem Wasser näherte sich ein Krokodil und öffnete gierig sein großes Maul. Von einem Baum glitt eine Anakonda, eine sieben Meter lange Schlange, die ihr Opfer umschlingt und erwürgt. Die Kapuzineräffchen schrien vor Entsetzen in den Baumkronen.
In letzter Sekunde hoben die beiden Kinder das ungeschickte Faultier vom Boden auf und reichten es schnell hinauf zu seiner Mutter, die es mit ihren langen Armen fest und sicher an sich drückte.

Stell dich mit geschlossenen Füßen auf die Zehenspitzen. Strecke beide Arme gerade nach oben, drehe die Handflächen nach außen und strecke dich wie das Mädchen auf dem Bild, schlank und rank nach oben – eben wie eine Palme es tut.

Das Krokodil und die Schlange waren gefährlich nahe gekommen. Da hörten die Kinder die Stimme des Yogawichtls, die rief: »Schnell, macht die Yogaübung *Die Palme*!«
Sofort stellten sich die Kinder auf die Zehenspitzen, streckten die Arme hoch und blieben bewegungslos stehen. Sie sahen einer Palme zum Verwechseln ähnlich.
Das Krokodil und die Schlange schauten nach oben, nach unten, nach rechts und nach links. Sie konnten außer Palmen und anderen Gewächsen nichts mehr sehen. Enttäuscht glitt das Krokodil in das Wasser zurück. Auch die Anakonda bewegte sich langsam zurück in den tropischen Urwald. Und erst als die beiden gefährlichen Tiere fast verschwunden waren, streckte ein Kapuzineräffchen ihnen frech die Zunge heraus.
Gemeinsam feierten die Äffchen, die Faultiermutter und Pepe und Rosita die Errettung des kleinen Faultieres. Und als sie zum Abschied noch einmal die Yogaübung *Die Palme* machten, streckten sie sich wohlig in die Länge, denn diese Übung hatte ihnen das Leben gerettet.

Der Bär

Der Sohn des großen Bären im Wald tapste eines Nachts ohne die Erlaubnis seiner Eltern hinunter in die Stadt. Er blickte in eines der beleuchteten Fenster und sah sich einen Gruselfilm im Fernsehen an, der ausdrücklich für Kinder verboten war. Am nächsten Morgen wachte er in seiner Bärenhöhle mit hohem Nervenfieber auf und zitterte am ganzen Körper vor Nervosität. Schnell schickte man die Biene um den Yogawichtl.

Als er kam, machte er ein sehr ernstes Gesicht, weil der kleine Bär so unfolgsam gewesen war. Dann ordnete er an, daß der Sohn des großen Bären Arme und Beine hochheben müsse.

Er solle in die Finger- und Zehenspitzen hinaufatmen, kurz den Atem anhalten und wieder ausatmen. Und das mehrere Male hintereinander.

Und weil nichts so bekömmlich für die Nervenkraft des kleinen Bären ist wie frischer, duftender Bienenhonig, wurde der Bär außerdem von seinen Freunden mit köstlichem Waldhonig gestärkt. Als der kleine Bär wieder so gesund und selbstbewußt wie vorher war, versprach er, sich kein Fernsehprogramm mehr anzusehen, das böse und häßliche Dinge zum Inhalt hat.

Und zur Erinnerung an den seit damals klugen Bären heißt diese Yogaübung *Der Bär.*

Du liegst auf deiner Decke. Arme und Beine sind hochgestreckt. Du atmest ein und hinauf in die Fingerspitzen und Zehenspitzen, hältst kurz den Atem an und atmest wieder aus. Du atmest 20mal hinauf und hinunter.

Die Brücke

Es war Brauch, daß Hochwürden Uhu von seiner einsamen Insel an Land flog, um jene Tiere von der *Inselwelt am See* zu verheiraten, die Hochzeit feiern wollten.
Nach einer langen Regenzeit jedoch erkrankte Hochwürden Uhu an Rheumatismus. Seine Flügel schmerzten und waren so steif, daß er nicht fliegen konnte. Das Fräulein Moormeise und ihr Bräutigam hatten in einer Blätterlaube ihr Nest gebaut und mußten verheiratet werden, bevor sie gemeinsam einziehen durften.
Als die beiden hörten, daß Hochwürden Uhu erkrankt war, weinte das Fräulein Moormeise bitterlich. Das hörte die Libelle. Sie surrte voller Mitleid zur Burg von dem Baumeisterehepaar Biber und bat es, eine Brücke für den kranken Hochwürden Uhu zu bauen.
Sofort nagten die Biber maßgerecht die Baumstämme ab, die zu dieser Brücke gebraucht wurden. Sie legten geschickt vom Festland

Stell dir vor, daß auch du eine Brücke bauen mußt für einen rheumakranken Uhu. Stütze dich auf Füße und Hände, stemme dich hoch und wölbe die Wirbelsäule – wie eine schöne Brücke – nach oben.

zur einsamen Insel eine wunderschöne Brücke und stellten auch ein Geländer auf, auf das sich Hochwürden Uhu stützen konnte.
Nun konnte man zur Hochzeit rüsten. Als alles fertig war und die Gäste erschienen, warteten Braut und Bräutigam Moormeise unter ihrer Blätterlaube auf Hochwürden Uhu. Und er kam gemessenen Schrittes über die Brücke und verheiratete die beiden, die sich glücklich um den Hals fielen.
Baumeister Biber und seine Frau bekamen vom Yogawichtl einen großen Strauß duftender Bergkräuter zum Dank für ihre liebevolle Hilfe. Die Biber dankten für ihre Lieblingsspeise, der Frosch überreichte dem Yogawichtl nun auch einen schönen Strauß Inselblumen, und alle bestaunten die schöne Brücke, die noch heute von allen Tieren der *Inselwelt am See* benützt wird.

Der Bogen

Bevor es zu dämmern beginnt, bringt Vater Maus noch das gemähte Gras unter Dach und Fach. Dann geht er in seine Wohnung, um sich von der Arbeit des Tages auszuruhen.
Draußen wird es dunkel, Fensterläden und Türen werden geschlossen und die Lampen gelöscht. Für einige nächtliche Nachzügler werden die Straßenlichter angezündet, und dann sinkt alles in einen tiefen, erholsamen Schlaf.
Über den Dächern der Stadt, den Wiesen, Feldern, Wäldern und Seen steigt der liebe, gute Mond empor. Sein weißes, mildes Licht deckt die Erde zu, und sogar der Wind wird müde und legt sich für ein Schläfchen unter die dichten Tannen.
Der Mond zieht still in einem großen Bogen über den samtblauen Nachthimmel und freut sich, daß alles tief und erholsam schläft.
Als er hinunterblickt auf die Stadt, bemerkt er mehrere Lichtkegel, die um ein Haus schweben. Sie sehen aus wie glühende, sich bewegende Sternchen. Die Leuchtkäfer fliegen in Sommernächten umher und suchen ihre Leuchtkäferfrauen. Nur der Leuchtkäfermann hat Flügel und kann fliegen. Seine Frau hat keine Flügel und muß zufrieden sein, daß sie überall spazierengehen kann. Der Leuchtkäfermann fliegt nämlich neben ihr her und beleuchtet ihren Weg.
Plötzlich lächelt der Mond: Seine Freunde, die Leuchtkäfer, spähen neugierig durch Dachritzen und Türspalten, da in dem Haus ein

kleines Mädchen vor dem Schlafengehen noch eine Yogaübung macht, die man *Der Bogen* nennt. Und bevor sie weiterfliegen, entdecken sie, daß auf dem Dachboden die beiden Kinder der Familie Maus ebenfalls eifrig den *Bogen* üben, bevor sie schlafen gehen.
Wenn du die Yogaübung machst, tu es schön langsam und bedächtig. Wer weiß, ob dir nicht einige neugierige Leuchtkäferchen zusehen.

Lege deine Beine so weit rückwärts, bis deine Zehen den Boden berühren. Dann nimm mit den Händen die Zehen in die Hand und hebe die Beine hoch.

Die Kobra

Ein übermütiger Junge ging durch den dichten indischen Dschungel, um einen der seltenen und herrlichen Tiger zu sehen, die dort wohnen.
Um die Schulter hatte der Junge eine Wasserflasche gehängt, da man das Wasser im Dschungel nicht trinken darf, man wird davon krank. In der rechten Hand trug er einen Bambusstock, mit dem er die dichten Blättergewächse des Dschungels zur Seite schob, die ihm den Weg versperrten.
Plötzlich entdeckte er vor sich einen kleinen Yogawichtl. Dieser sprach den Jungen höflich an und bat ihn um einen Schluck Wasser, da er fast am Verdursten war.
Der Junge lachte herzlos über den winzigen, erschöpften Yogawichtl und sagte ihm, daß er nicht daran denke, ihm auch nur *einen* Schluck seines kostbaren Wassers zu geben.

Lege dich auf den Bauch und hebe den Oberkörper mit den Armen hoch. Lege den Kopf weit zurück und versuche, mit den Zehen deine Haare zu berühren.

Als der kleine Yogawichtl nicht zur Seite ging und noch einmal inständig um Wasser bat, hob der Junge grob seinen Bambusstock und wollte damit auf den kleinen Yogawichtl losschlagen.
Im gleichen Augenblick aber fühlte er den Bambusstock in seiner Hand sich bewegen, und zu seinem Entsetzen sah er, daß sich der Bambusstock in eine grauenhafte Schlange verwandelt hatte, die sich mit züngelnder Zunge und blitzenden Augen an seinem Arm hochschlängelte. Er wollte sich von der giftigen Schlange, die man Kobra nennt, befreien, aber sie wickelte sich immer enger um seinen Arm und ihr giftiges Maul kam immer näher. Da schrie der Junge vor Angst um sein Leben und bat den Yogawichtl reumütig um Gnade.
Weil der Junge seine Hartherzigkeit wirklich bereute, verwandelte der Yogawichtl die Schlange wieder in einen Bambusstock. Darauf kniete der Junge demütig nieder und bat den Yogawichtl: »Laß mich etwas Liebes tun, um meine Kaltherzigkeit zu sühnen.«
Der Yogawichtl zeigte dem Jungen eine berühmte Yogaübung, die sich *Die Kobra* nennt und die Menschen daran erinnern soll, sich niemals erbarmungslos zu verhalten, da einem sonst eine Strafe vom Leben auferlegt werden könnte. Sie dient auch als Hilfe bei Verstopfung, macht schlank und kräftigt den Rücken.

Der Flieger

Wenn die Schulferien beginnen, gibt es in der Waldwichtl-Yogaschule eine tolle Belohnung für die Schüler, die im Erdkundeunterricht aufgepaßt und fleißig gelernt haben.
Der Yogawichtl, der Erdkunde unterrichtet, dreht die Erdkugel, die in der Klasse steht, und steckt eine Fahne auf die sich drehende Erde. In das Land, in dem die Fahne steckenbleibt, wird mit allen fleißigen Schülern eine Reise gemacht, damit sie mit eigenen Augen sehen, was sie gelernt haben.
Gespannt wartet die ganze Klasse, auf welchem Erdteil die Fahne steckenbleibt. Und siehe da: Die Fahne steckt in Australien! Da schreien alle Schüler durcheinander, und immer wieder hört man: »Hurra, hurra! Wir fahren nach Australien und besuchen die Känguruhs!«
Es stehen drei lustige Flugzeuge bereit, um nacheinander alle Schüler einsteigen zu lassen. Die Flugzeuge sind bester Laune, mit so vielen lustigen Kindern an Bord! Das erste Flugzeug fliegt ab – das zweite Flugzeug fliegt ab – und das dritte Flugzeug wartet lachend, bis die Geschwister Schnecke eingestiegen sind und die dicke Raupe, die eine Fliegerbrille und eine Fliegermütze trägt. Die Hummel krabbelt über den Flügel, ein ungeschickter Käfer turnt noch auf der Tragfläche herum und von den zwei Käfern, die schon im Flugzeug Platz genommen haben, hat einer sogar einen Regenschirm mitgenommen.

In Australien sehen die Kinder nun in den weiten Ebenen die Känguruhs. Sie dürfen das seidenweiche Fell der kleinen Känguruhkinder streicheln und dürfen auch auf dem Rücken der Känguruhväter reiten. Einmal sehen sie auch einem Boxkampf zwischen zwei Känguruhherren zu. Und als die Kinder gefragt werden, wie sie nach Australien gekommen sind, da lachen alle und zeigen die Yogaübung *Der Flieger.*

Das fanden die Känguruhs sehr lustig, und sofort machten sie auch diese Yogaübung. Aber sie haben es natürlich viel leichter, denn sie können sich wunderbar auf ihren langen, schönen Känguruhschwanz stützen.

Die Zeit verging viel zu schnell. Und wenn die Kinder zu Hause einmal den *Flieger* üben, denken sie dabei an das Land Australien.

Stelle dich mit geschlossenen Beinen gerade hin. Strecke die Arme gerade aus, wie die Tragflächen eines Flugzeuges, neige dich nach links und bleibe einige Zeit so stehen. Dann machst du die Übung auf der anderen Seite.

Der Frosch

Der Yogawichtl saß vor seinem Pilzhaus in der Sonne, als ganz aufgeregt die kleine Mutter Maus angerannt kam. Sie war so atemlos, daß sie kein Wort hervorbrachte. Ein schillernder Käfer holte eine Blume und fächelte ihr so lange frische Luft zu, bis sie sich erholt hatte. Noch sehr aufgeregt erzählte sie: »Vater Frosch hat so viele Fliegen verschluckt, daß er jetzt an starken Atembeschwerden leidet. Er ist schon ganz still und blaß.« Sie fragte den Yogawichtl: »Sag mir bitte, wie kann ich ihn nur wieder gesund machen?« Der Yogawichtl erklärte ihr eine Yogaübung, die gegen Atembeschwerden und Kurzatmigkeit hilft und auch Verdauungsbeschwerden behebt, wenn sie morgens vor dem Frühstück geübt wird.

Mutter Maus bedankte sich herzlich und eilte zu Vater Frosch, um ihn so schnell wie möglich wieder gesund zu machen. Er kniete sich auf den Boden, führte die Yogaübung genau aus, während die Grille für

Knie auf deiner Decke. Lege beide Hände über den Nabel und beuge deinen Oberkörper darüber. Schließe die Augen; hebe den Kopf und bleibe ganz still in dieser Position sitzen. Atme ruhig durch die Nase aus und ein.

ihn 30mal zirpte. Dann stand er auf und war gesund. Er hopste mit hohen, weiten Sprüngen davon.
Und seit jenem Tag heißt diese Übung *Der Frosch.*
Das Hopsen kannst du übrigens auch probieren: Je höher und weiter du hopst, lieber Schüler, und je mehr du aussiehst wie ein richtiger Frosch, desto besser.

Das betrunkene Kamel

An einem Samstag wanderte das Ehepaar Maus und ihr Sohn Fips in die Stadt, um eine Zirkusvorstellung zu besuchen. Sie bewunderten die lustigen Clowns und die klugen Elefanten, die dressierten Seehunde und Löwen, die prachtvollen Pferde und Feuerschlucker, die Trapezkünstler und Seiltänzer. Zur Stärkung für den Heimmarsch hatte Vater Maus eine Flasche Holunderschnaps dabei.
In der Pause gingen sie in die Tierschau. Als Fips sah, wie das Kamel durstig die Zunge herausstreckte, griff er nach der Holunderschnapsflasche und gab dem Kamel einen kräftigen Schluck davon. Niemand hatte den Zwischenfall bemerkt.
Nach der Pause ging die Vorstellung weiter. Als das Kamel in die Manege kam, hatte es einen sehr wackligen Gang. Dann legte es sich auf den Bauch, packte seine Vorderbeine mit den Hinterbeinen und zog sie nach oben.
Da klatschte das Publikum begeistert und rief: »Hurra! Hurra!« Angefeuert durch den Applaus, begann nun das Kamel auf seinem Bauch von rechts nach links zu schaukeln. Nun sprangen die Zuschauer auf die Bänke und jubelten dem Kamel zu, bis es sehr unsicher und wacklig die Manege verließ.
Außer dem kleinen Fips und dem allwissenden Yogawichtl weiß kaum jemand, warum diese Yogaübung *Das betrunkene Kamel* genannt wird. Uns hat es der Yogawichtl weitererzählt, sonst wüßten

wir es auch nicht. Du, lieber Schüler, sollst dir während dieser Yogaübung vorstellen, daß du das lustige, betrunkene Kamel bist, dem das Publikum applaudiert.

Bemühe dich – wie das Kamel – mit den Händen die Beine hochzuziehen. Bleibe kurz in dieser Stellung und versuche dann, wie das betrunkene Kamel von einer Seite auf die andere zu schaukeln.

HOLLU
NDER
SCH

Das Ei

Eier sind etwas sehr Geheimnisvolles. Vielerlei Überraschendes kann darin verborgen sein. Kleine Entlein und Hühnerküken oder ein junger Schwan. Ein winziger Zaunkönig, ein Adler oder gar ein Vogel Strauß. Aber auch eine Schlange oder eine Schildkröte. Sogar das seltsame Schnabeltier, das in Australien zu Hause ist, kann in einem Ei verborgen sein, das im Nest der Uferböschung von den Eltern bewacht wird, die sich meist im Wasser aufhalten.
Wenn du in einem Nest irgendwo ein schönes kleines Vogelei siehst, laß es liegen und greif es nicht an. Es wohnt ein Vogelkind in jedem Ei und will nicht gestört werden.
Dann gibt es noch Ostereier. Bemalt mit schönen Mustern oder gefärbt in allen bunten Farben, die von Osterhasen oder Menschen gemischt werden. Sehr berühmt sind die Ostereier, die von Juwelieren aus Gold angefertigt und mit Edelsteinen verziert wurden. Diese

Du stellst dir bei dieser Übung vor, daß du ein Ei bist. Verschränke die Arme, lege sie über die angezogenen Knie und drücke dich fest zusammen, bis du immer wärmer und wärmer deine Durchblutung fühlst.

kunstvollen Schmuckeier schenkten sich Könige und Kaiser zum Osterfest. Sie sind heute in Museen zu betrachten.
Es gibt Eier aus Schokolade, aus Marzipan und Überraschungseier, in denen man ein Geschenk verbergen kann. Am allerschönsten sind jene Eier, die von Kindern bemalt und verziert werden. In ihnen wohnt auch die Liebe und das Können des einzelnen Kindes, das das Ei so schön und bunt verziert hat.
Als ich ein kleines Mädchen war, habe ich am Ostertag immer ein Ei bemalt und in die Kirche getragen, um es dem lieben Gott und all seinen Schutzengeln zu schenken. Und wenn ich es auf den Altar legte, habe ich mir immer etwas Schönes gewünscht. Das Gewünschte hat sich auch immer erfüllt. Also kann in einem Ei auch ein Wunsch verborgen sein!

Das Krokodil

Im Garten einer großen Stadt lebte ein kleiner Marienkäfer mit seinen sechs Geschwistern. Sein größter Wunsch war es, ein wenig mehr zu wachsen, so daß ein siebter Punkt auf seinem Rücken Platz fände. Damals hatte noch jeder Marienkäfer sechs Punkte auf seinen roten Flügeln.
Der kleine Marienkäfer flog zum Yogawichtl in den Wald, um ihn um Rat zu fragen, wie er ein wenig größer werden könne. Der Yogawichtl zeigte dem Marienkäfer eine Yogaübung, durch die man größer wird und die durch die Kräftigung der Rückenmuskeln schöne gerade Haltung bewirkt und die Bandscheiben elastisch erhält.
Der Marienkäfer bedankte sich für die Yogaübung, die man *Das Krokodil* nennt, weil man sich dabei so dehnen und strecken muß, wie es Krokodile manchmal tun. Er übte *Das Krokodil* mit seinen sechs Geschwistern ein ganzes Jahr lang jeden Tag. Und siehe da: Die sieben Marienkäfer wurden ein wenig größer, so daß ein siebter Punkt auf den Flügeln Platz hätte.
Gemeinsam flogen sie zum Yogawichtl. Er vermaß die Marienkäfer und stellte fest, daß sie um zwei Millimeter gewachsen waren, was für einen Marienkäfer sehr, sehr viel ist. Er wusch die roten Flügel der Marienkäfer blitzblank und malte jedem Marienkäfer einen schwarzen Punkt mehr auf die roten Flügel. Alle Tiere des Waldes sahen zu.

Aus Dankbarkeit bauten die sieben Marienkäfer für den Yogawichtl aus Rindenstücken ein Krokodil. Der Specht klopfte die Rinde aus einem Baum, der Hirschkäfer schnitt sie mit seinen scharfen Scheren zu, und die Spinne und die Schnecke klebten alles zusammen. Das Krokodil wurde ein richtiges Kunstwerk. Und zum Spaß fuhren alle sieben Marienkäfer auf ihm eine Wiese hinunter. Du könntest zeichnen, wie sie unten einen großen Sturz machten und sich vor lauter Spaß und Lachen gar nicht beruhigen konnten!

Du legst dich auf den Bauch und legst die Arme gerade nach vorn, als wolltest du nach einem Fisch schnappen. Und in dieser Stellung dehnst und streckst du dann deinen Rücken wie das starke Krokodil.

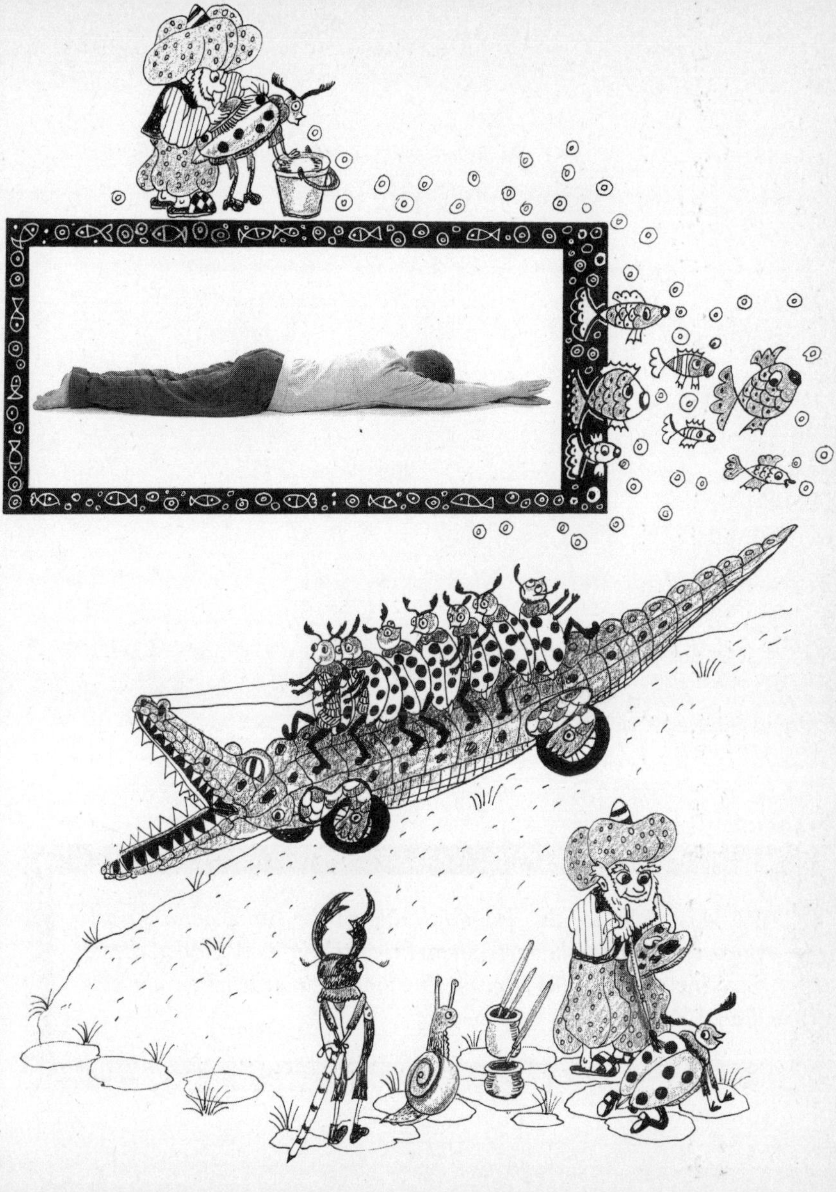

Die Kerze

Inmitten des Waldes, unter einer schönen Birkengruppe, steht ein kleines Marterl. Kommt ein Wanderer vorbei, stellt er eine Kerze hinein und zündet sie an, um dem lieben Gott und seinen Engeln eine Freude zu machen. Schön sieht es aus, wenn das stille Licht in der Dämmerung an die Liebe im Herzen der Menschen erinnert. Jeden Abend blicken die Tiere des Waldes auf das beruhigende Licht unter den Birken auf der Waldlichtung.
Der lustige Hase, der übermütig seine Purzelbäume auf der Wiese schlägt, war es, der den Tieren des Waldes den Vorschlag machte, selbst Kerzen zu gießen und sie in dem Marterl anzuzünden.
Begeistert gingen alle ans Werk. Die Fischotter brachten kräftige Schilfrohre für die Kerzenformen. Vögel flochten aus gesammelten Fäden geschickt die Kerzendochte und hielten sie mit ihren Schnäbeln fest. Und der Yogawichtl goß das erhitzte Bienenwachs, in das

Lege dich auf deine Decke. Stütze das Becken mit beiden Händen hoch und strecke die Beine gerade nach oben. Mach 20 Atemzüge.

DUFT
FAR BE

vorher die Schmetterlinge den Duft und die Farben von Blumen mischten, in die bereitgehaltenen Formen. Als das duftende Wachs erkaltet und fest geworden war, schnitten die stärksten Arbeiterameisen die Schilfrohre auseinander.

Welch ein herrlicher Anblick die gelungenen Kerzen waren! Kornblumenblaue, mohnblumenrote, glockenblumenviolette, arnikagelbe, weiße, nach Maiglöckchen duftende, tannengrüne und heckenrosenrote Kerzen standen vor den staunenden Tieren des Waldes.

Und so kam es, daß jeden Abend ein Kerzerl von den Leuchtkäfern im Marterl angezündet wurde. Es war das Geschenk aller Tiere des Waldes an den lieben Gott und seine Engel. Still und ruhig brennt das Kerzenlicht die ganze Nacht lang, und alle Tiere des Waldes schlafen tief und fest, weil sie wissen, daß sie von ihren Schutzengeln und den kleinen Yogawichtln liebevoll beschützt und bewacht werden.

Der Hampelmann

Es gibt nordische, indische, chinesische, japanische und europäische Hampelmänner. Sie werden von den Kindern, die auf unserer Erde wohnen, überall geliebt.

Die Wolken und Sterne, die Tag und Nacht auf die Erde herabblicken, wünschten sich eines Tages von den Hampelmännern aller Länder eine Theatervorführung. Und weil die Wolken und Sterne überall sehr beliebt sind, trafen sich die Hampelmänner der ganzen Erde auf ihren Wunsch hin beim Yogawichtl, der ein kleines Theater gebaut und eine Bank davor aufgestellt hatte.

Die Handlung des vorgeführten Theaterstückes erzählte von der Reise der Hampelmänner um die ganze Welt und den Abenteuern, welche die Hampelmänner zu bestehen hatten. Das schrecklichste und gefährlichste Abenteuer der Hampelmänner und Hampelfrauen war die Überquerung des Nils. Um diesen heiligen Fluß zu überqueren, setzten sich die Reisenden auf einen riesigen Baumstamm, der am Wasser dahintrieb. Sie ließen sich vom Baumstamm tragen und bewunderten die herrliche Uferlandschaft.

Aber, o Graus! Der vermeintliche Baumstamm tauchte plötzlich unter den Hampelmännern weg. Es war kein Baumstamm, sondern ein gefräßiges Krokodil, das nach den im Wasser schwimmenden Hampelmännern schnappte. Da jedoch erhob der stärkste Hampelmann von allen zornig seinen großen Hampelstock, bei dessen Anblick sich

das Krokodil so ängstigte, daß es untertauchte, eine riesige Welle hinterließ und nie mehr gesehen wurde.
Die nassen Hampelmänner und Hampelfrauen wurden von den Sternen und Wolken aus dem Wasser gehoben und wieder an Land gesetzt, wo sie ihre Reise zum Yogawichtl fortsetzen konnten.

Stell dich auf deine Decke und schwenke die Arme hinauf und hinunter, so übermütig wie es Hampelmänner auf der ganzen Welt tun.

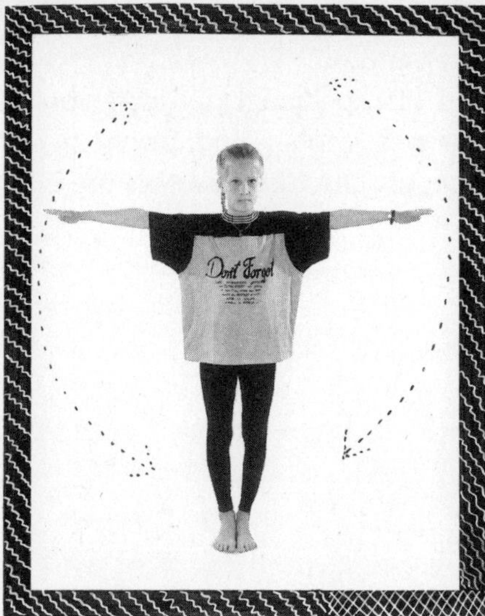
Don't Forget

YOGA
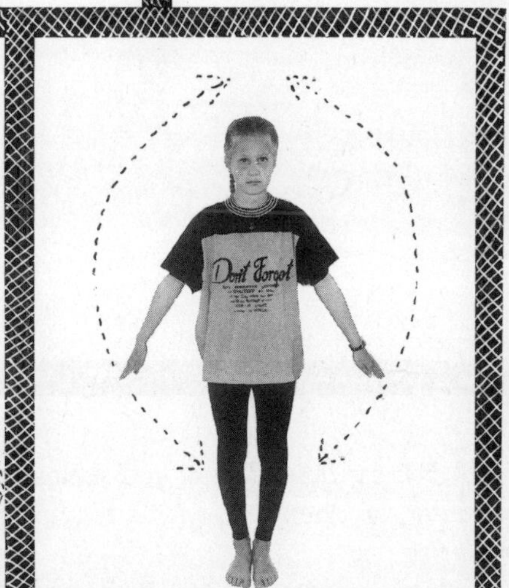
Don't Forget

Die Krähe

Der Prinz vom Regenbogen verliebte sich in eine Waldfee, die sich jeden Tag in einem Wassertümpel betrachtete. Er legte einen Zauber über den Wasserspiegel. Eine winzige Stadt bildete sich in der türkisfarbenen Wassertiefe. Die Waldfee beugte sich entzückt tief hinab, bis ihr Gesicht das kühle Wasser berührte.
In diesem Augenblick konnte der Prinz vom Regenbogen die Waldfee in seine Arme nehmen. Als er sie berührte, verblaßten die Erinnerungen an ihr eigenes Leben, und sie ging freudig mit dem Prinzen in seine schöne Stadt, die sie im Wasser erblickt hatte, und über die schlanke Türme und Palmen aufragten.
Der Prinz hatte aber übersehen, daß die Waldfee eine junge Krähe in ihrem Blätterkleid gewärmt hatte, die aus dem Nest gefallen war. Die kleine Krähe war besonders klug und versteckte sich vor dem Zauber in dem dichten Blätterkleid der Waldfee so gut, daß der Prinz vom Regenbogen sie nicht entdecken konnte.

Hock dich auf den Boden wie eine Krähe. Dann hebe die Beine und lege die Knie wie Flügel an die Ellenbogen. Jetzt siehst du aus wie die kluge Krähe, die der Waldfee zu ihrer Freiheit verholfen hat.

Als die Waldfee im Schloß des Prinzen tief und fest schlief, weckte sie die kluge Krähe und führte sie hinunter an den mondbeschienenen See vor der Stadt. »Tauche deine Wange in das Wasser!« bat die Krähe die Waldfee.
Kaum berührte das schimmernde Wasser ihre Wange, da saß sie wieder zu Hause an ihrem Wassertümpel. Ihre Erinnerung kehrte zurück, und sie umarmte die kleine Krähe und küßte sie auf das glänzende, schwarze Gefieder.
Die große Familie der kleinen klugen Krähe flog über die weiten Wälder und erzählte die Geschichte überall. Als sie der Yogawichtl hörte, hob er seinen Zauberstab an seine Hauspantoffeln, und sie trugen ihn zu seiner Kusine, der Waldfee. Er gab für die Krähen ein großes Fest und dankte ihnen für die Errettung der Waldfee.

Die Lokomotive

Die neugierigste Lokomotive der Welt wurde im Himalayagebirge von vielen Yogawichtln gebaut. Sie wurde Schnauf genannt, weil sie durch die tiefsten Täler und über die höchsten Gipfel hinaufschnaufen und hinunterschnaufen mußte. Schnauf wurde genau geprüft, da sie dazu ausersehen war, mit einem Yogawichtl, der zeichnen und schreiben konnte, alle Erlebnisse einer Weltreise festzuhalten. Und eines Tages begann die große Reise um die Welt. Als Schnauf und der Yogawichtl durch Lappland fuhren, wurden sie von den Rentieren bestaunt.

Über Europa kamen sie nach Ägypten. Dort trafen sie Kamelkarawanen und verschleierte Frauen und durften in einen großen Sack greifen, um Datteln zu kosten.

In Afrika sahen sie, wie ein Leopard ins Negerdorf getragen wurde, der von tapferen Kriegern erlegt worden war. Im Schatten einer Lehmhütte durften sie ausruhen, und als die Mittagsglocke läutete, aßen sie frisch gepflückte Bananen.

In Indien bestaunten sie den Ganges, bewunderten Elefanten mit goldgeschmückten Elfenbeinzähnen und empfanden Angst, als die giftigen Kobras zur Flötenmusik ihren Schlangenkörper wiegten.

Natürlich probierten sie die zweirädrige Rikscha in China aus, die von Menschen gezogen wird und bestaunten die bunten Drachen, die im Wind schwebten.

Unter den blühenden Kirschbäumen in Japan, wo es die schönsten und kostbarsten Gärten zu sehen gibt, sahen sie in einem Papierhaus eine wunderschöne Japanerin, die ein Lied sang.
In Amerika besuchten sie natürlich die Indianer, rauchten mit ihnen die Friedenspfeife und durften auf den gescheckten Mustangs reiten und herrlich weiche Lederkleidung tragen.
Als sie in Grönland bei den Eskimos den ersten Eisberg auf dem Meer schwimmen sahen, in einem Iglu übernachteten und mit den schnellen Hundeschlitten über das eisige Land rasten, da wurde ihnen bitterkalt. Und da auch die Eskimos froren, zeigten sie ihnen die Yogaübung *Die Lokomotive.*
Da wurde es sogar den Eskimos warm. Die Schlittenhunde bellten vor Freude, als die Lokomotive sich verabschiedete, und so kennt man jetzt auch in Grönland eine Yogaübung.

Schließe die Beine. Lege die Oberarme an den Oberkörper und mach mit jeder Hand eine Faust. Wie die Kolben einer Lokomotive bewegst du einmal den rechten Arm, dann den linken Arm, vor und zurück.

SCHNAUF

Die Banane

Auf einem Kinderspielplatz in einer großen, lauten Stadt, saß der Yogawichtl mit seinen Freunden. Es war Sommer. Die Raupen erzählten, wie köstlich die Blätter schmeckten, die ihre Lieblingsspeise sind, bevor sie sich in einen Schmetterling verwandeln. Die Hummel, die Biene, die Wespe und der Nachtschmetterling schwärmten vom Nektar der Blumenblüten. Die Mäuschen erzählten von den duftenden Käsesorten, die besser schmeckten als alles andere. Und der Yogawichtl sagte, daß seine Lieblingsspeise eine Banane sei. Da fragten seine Freunde: »Was ist eine Banane?«
Der Yogawichtl lächelte verschmitzt und ersuchte die Biene, ihm seine silberne Zaubertrompete zu bringen. Als er sie an die Lippen drückte, warteten alle atemlos, was nun geschehen würde. Es erklang ein so lauter Ton, daß die Biene erschrocken hochflog. Zwischen bunten Lichtpünktchen, die plötzlich vom Himmel fielen, erschien

Versuch eine Banane zu sein! Halte die Hände an deine Oberschenkel und hebe die Beine und den Kopf vom Boden. Das stärkt das Selbstbewußtsein, die Bauchmuskeln und die Rükkenmuskeln.

ein kostbar gekleideter, fremdartiger Kamelreiter und ein stolzer, dunkelhäutiger Krieger. Sie nahmen zwei Säcke vom Kamelsattel, an dem sie befestigt waren, und gaben sie den staunenden Freunden des Yogawichtls. Dann verschwanden sie so schnell und geheimnisvoll, wie sie gekommen waren.
In den Säcken, die noch nach Afrika dufteten, waren viele Bananen. Alle bestaunten die orientalische Frucht und wollten von ihr kosten. Die Wespe stach sogar frech in das süße Fruchtfleisch. Nachdem alle davon gegessen hatten, konnten sie verstehen, warum diese besonders gesunde Frucht die Lieblingsspeise des Yogawichtls war.

Der Fisch

Es war März. Ein kleiner Junge feierte seinen siebten Geburtstag. Als er die sieben Kerzen auf seiner Geburtstagstorte ausblies, wünschte er sich aus ganzem Herzen, einmal das geheimnisvolle Leben auf dem Meeresgrund aus nächster Nähe zu sehen.

Am gleichen Abend, als er eingeschlafen war, besuchte ihn im Traum der Yogawichtl. Er zeigte ihm die Yogaübung *Der Fisch.* Der Junge machte die Übung.

Plötzlich verwandelte sich der Yogawichtl in ein reizendes Seepferdchen. Den Jungen verwandelte er in einen runden, lustigen Jungenfisch, und beide schwammen heiter hintereinander im glasklaren Meerwasser. Als sie tiefer tauchten, dorthin, wo es dunkler wird, schwamm ihnen ein Tiefseeanglerfisch, der eine Lampe auf seiner Köderspitze trägt, voraus, um ihnen den Weg zu zeigen. Sie schwammen durch Korallenbäume, die hellrot und geheimnisvoll leuchteten. Ein Schwertfisch, der mit seinem harten Schwert eine Bootswand durchstoßen kann, begrüßte sie freundlich. Eine Seejungfrau mit Perlen im Haar, die sich von einem Delphin durchs warme Wasser tragen ließ, winkte ihnen zu. Ein Hummer öffnete erstaunt seine Scheren zum Gruß, und eine Krake winkte mit allen Fangarmen zugleich dem verzauberten Jungen und dem Yogawichtl zu. Die Qualle tanzte mit ihrem durchsichtigen, leuchtenden Hut im bewegten Wasser, und ihre Farben leuchteten in Violett, Silber und Blau.

Mit großen Augen blickte der Einsiedlerkrebs überrascht aus seinem Meerschneckenhaus und grüßte mit seinen sechs Beinen, bevor er weitermarschierte. Jedoch das Schönste am Meeresgrund waren zwei unscheinbare Austern, die ihre perlmuttglänzenden Muschelschalen öffneten. Das Seepferdchen und der Jungenfisch konnten die zwei wunderschönen rosaschillernden Perlen sehen, die eingebettet im Inneren der Muscheln lagen. Die beiden Austern baten den Yogawichtl und den Jungen, ihre Perlen als Geschenk anzunehmen. Du mußt wissen, daß die Perle in einer Auster zunächst ein Sandkorn ist, das der armen Auster weh tut. Und deshalb umgibt die Auster den Fremdkörper mit einer kostbaren Schicht, die schimmert und leuchtet, so geheimnisvoll wie das klare Wasser im Meer.
Als der Junge am nächsten Morgen erwachte, wußte er nicht, ob er geträumt hatte oder wirklich auf dem Meeresgrund gewesen war, aber siehe da, er hielt in seiner rechten Hand eine rosaschimmernde Perle.

Du liegst gerade auf dem Rücken. Falte die Hände über dem Nabel und wölbe den ganzen Rücken nach oben, bis nur noch Hinterkopf und Gesäß und Beine am Boden aufliegen. Bleibe kurz in dieser Stellung und atme langsam durch die Nase.

Der Winkel

Am Südpol wohnen Tausende von Pinguinen. Ihre Flügel sind nicht zum Fliegen da, sondern werden wie zwei Ruder zum Schwimmen gebraucht. Pinguine spielen gerne im Wasser und sind hilfsbereit und sehr lustig und gesellig. Der Pinguinvater steht zwei Monate auf dem Eis und brütet das einzige Ei aus, das die Pinguinmutter gelegt hat. Unter dem weißen, warmen Gefieder wächst das Pinguinkind heran, und wenn es ausschlüpft, sieht es aus wie ein grauer Wollball.

Spreize die Beine. Lege den linken Arm an dein linkes Ohr und neige dich weit nach rechts zum Nordpol. Mit der anderen Hand stützt du dich auf den Oberschenkel. Bleibe kurze Zeit so stehen. Dann kommst du hoch und fühlst, wie warm dir geworden ist, was für einen Pinguin am Südpol sehr wichtig ist. Jetzt legst du den rechten Arm an dein rechtes Ohr und neigst dich weit nach links zum Pinguingasthaus, das am Südpol steht.
Willst du deinen Rücken stärken, neigst du dich wieder nach rechts und hältst dich mit der anderen Hand am Oberschenkel fest. Hebe die linke Hand gerade empor und betrachte die Hand, während du in Gedanken bis zehn zählst. Dann machst du das gleiche auf der anderen Seite.

PINGUIN
GAST
HAUS
N

Der Verkehr am Südpol ist im Frühjahr und im Herbst sehr rege. Zugvögel, Walfische und andere Fische verwechseln oft den Südpol, wo die Pinguine wohnen, mit dem Nordpol, wo der Eisbär und die riesigen Walrosse zu Hause sind.
Um zu vermeiden, daß Reisende auf dem falschen Pol ankommen, beschloß der Ältestenrat der Pinguine, an den Flugstraßen für Vögel und an den Wasserstraßen der Fische, Pinguinposten aufzustellen.
Einige besonders tüchtige Pinguine wurden ausgebildet, um den Verkehr am Südpol reibungslos zu regeln. Sie lernten vom Yogawichtl die Yogaübung *Der Winkel.*
Um den Weg zum Nordpol anzuzeigen, neigt sich der Pinguin nach links, wo es um die halbe Erdkugel herum zum Nordpol geht, und hält ein großes, weit sichtbares N in seinem Flügel.
Um den Weg zum Südpol anzuzeigen, neigt sich der Pinguin nach rechts, wo das Pinguingasthaus »Südpol« steht, wo es den besten Rumtee der ganzen Welt zu trinken gibt, und hält ein großes S in seinem Flügel. Alle Reisenden kennen das Pinguingasthaus am Südpol, denn dort wird auch köstlicher Jamaikarum ausgeschenkt, den die Pelikane in ihrem großen Schnabelsack zum Südpol transportieren.

Der Kopfstand

Ein Mädchen, das auf dem Land Urlaub machte, ging durch den Wald, um Herrenpilze zu sammeln. Unter uralten, dicht verwachsenen Fichten sah es nebeneinander mehrere herrliche Pilze stehen.
Als es die Pilze näher betrachtete, sah es, daß es Pilzhäuser mit glänzenden braunen Dächern, Türen und Fenstern, winzigen Rauchfängen und noch kleineren Gärten waren, in denen Yogawichtl wohnen. Verwundert betrachtete das Mädchen die versteckte Pilzstadt unter den Ästen der Bäume, als es ein leises Weinen hörte. Das Weinen klang so jämmerlich, daß das Mädchen unter jedem noch so kleinen Ast suchte, bis es eine kuschelige, dunkelgraue Fledermaus fand, aus deren großen Augen dicke Tränen zur Erde tropften.
Vorsichtig nahm das Mädchen das verletzte Tierchen in seine warmen Hände. Es ließ sich erzählen, daß die Fledermaus sich einen Flügel gebrochen hatte, als Holzarbeiter den Baum fällten, auf dem die Fledermaus geschlafen hatte. Das Mädchen bettete die Fledermaus auf weiches, trockenes Moos und ging zur Pilzstadt der Yogawichtl, um an die Tür eines der Häuser zu klopfen.
Sogleich öffnete ein freundlicher Yogawichtl und hörte interessiert die traurige Geschichte von der verletzten Fledermaus. Gemeinsam mit dem Mädchen ging er zu ihr hin.
Mit Baumharz wurde der gebrochene Flügel an ein Hölzchen geschient. Aus duftendem Fichtenholz wurde eine Krücke angefertigt

für die Zeit, in der der gebrochene Flügel nicht bewegt werden durfte, bis er verheilt war. Dann wurde der Fledermaus Schlaf verordnet, bis es dunkel wurde.
Das Mädchen blieb bei den Yogawichtln und ließ sich erzählen, warum die Fledermäuse verkehrt aufgehängt – mit dem Kopf nach unten – schlafen.
Einer ihrer Fledermausvorfahren war eine Yogafledermaus in Indien gewesen und hatte diese berühmteste Yogaübung, die man in Indien kennt, mitgebracht, um das Wahrnehmungsvermögen der Fledermäuse, die sich mit einem Echolotsystem orientieren, noch zu verbessern. Der Yogawichtl zeigte dem Mädchen den *Kopfstand.*
Bis zum Abend blieb das Mädchen in der Pilzstadt. Als es dunkel wurde, zündete der Nachtwächterwichtl die Kerze am Dorfplatz an. Sie steht auf dem Briefkasten, in dem aus aller Welt die Post für die Fledermäuse einläuft. Dann begleitete das Mädchen die Fledermaus, die an ihrer Krücke humpelte, zu dem Schlafbaum, auf dem ihre große Familie auf sie wartete. Und wenn du eine Fledermaus siehst, ist es vielleicht die, der das Mädchen geholfen hat, wieder gesund zu werden.

Du legst den Kopf auf ein Kissen oder in deine verschränkten Finger. Nur aus eigener Kraft stemmst du deinen Körper hoch. Laß dir nicht helfen, denn dabei könntest du dir weh tun.

Der Skorpion

Skorpione sind ein berühmtes und gefürchtetes Kriegsvolk. Ihr Schwanzstachel enthält tödliches Gift und kann sogar einen Menschen töten. Selbst untereinander kämpfen Skorpione auf Leben und Tod um die höchste Position im Skorpionheer.
Lange Zeit dachten die Yogawichtl nach, wie man Menschen helfen könnte, die in Gegenden leben, wo sie Skorpionen begegnen können. Nach langen Beratungen reiste einer der Yogawichtl mit seinen Pantoffeln, die er vorher mit dem Zauberstab berührte, zum mächtigen Kaiser der Skorpione, der mit seinem riesigen Heer in Afrika lebt.
Der Yogawichtl bat um eine Unterredung mit dem Skorpionkaiser

Du kniest auf den Boden und stützt den Oberkörper auf deine Hände. Die Zehen stellst du auf, um besseren Halt zu haben. Jetzt hebst du den Kopf hoch. Langsam hebst du nun ein Bein hoch, so als wolltest du einen Feind mit deinem Stachel stechen. Senke den Fuß und ruh dich aus. Dann machst du die Übung mit dem anderen Bein.

und trug diesem sein Problem vor. Der Skorpionkaiser, der prächtig anzusehen war in seiner goldbraunen Rüstung, freute sich, daß der Yogawichtl seinen Rat suchte.
Er ließ seinen Skorpiongesundheitsminister rufen. Als dieser sich ehrfurchtsvoll vor dem Kaiser verbeugt hatte, befahl ihm der mächtige Skorpionkaiser, für den Yogawichtl eine Kriegsübung zu erfinden, die einen Menschen unempfindlich gegen Skorpiongift macht.
Nach drei Tagen verbeugte sich der Skorpiongesundheitsminister wieder vor dem Skorpionkaiser und zeigte ihm eine Kriegsübung gegen Skorpiongift, die er auch gleich *Der Skorpion* nannte.
Diese Skorpionübung macht einen Körper stark und unempfindlich gegen Gifte. Sie verleiht dir Mut und vertreibt Unsicherheit und Angst.
Und wenn du diese Übung machst, denke daran, daß sie besonders dein Abwehrsystem stärkt und dich vor allen möglichen Krankheiten schützt.
Und wenn du einmal einem Skorpion begegnen solltest, weich ihm trotzdem aus, denn der Yogawichtl hat uns erzählt, daß dieses Kriegsvolk sehr angriffslustig ist, wenn es gestört oder geärgert wird.

Der Schlaf der Yogis

Als Gott die Menschen schuf, gab er ihnen den Schlaf und die Träume. Wenn Kinder und Erwachsene schlafen, stehen Engel an ihren Betten und bewachen ihren Schlaf. Die kleinen Yogawichtl versuchen die Wünsche der Kinder zu erfüllen, um sie glücklich zu machen. Wenn die Gedanken der Kinder bei dem *Schlaf der Yogis*, wie diese Übung heißt, auf Reisen gehen, kann sich der junge Körper, der viel Kraft zum Wachsen benötigt, wunderbar erholen.
Im Herzen hat jeder Erwachsene und jedes Kind drei schöne Dinge, die ihn beliebt, freundlich und höflich sein lassen. Es sind dies: Liebe, Zärtlichkeit und Schönheit. Wenn du oft mit deinen Gedanken auf so schöne Weltreisen gehst und dich ausruhst, fällt es dir leicht, so liebenswert zu sein, wie dich der liebe Gott gemacht hat.

Du wickelst dich in eine weiche Decke und legst dich auf den Boden. Schließ die Augen und stell dir vor, wie deine Beine und Arme immer schwerer und schwerer werden und in den Boden einsinken. Du liegst jetzt in einer kuscheligen, warmen Wolke. Die Wolke beginnt zu schweben und führt dich um die ganze Welt. Unter dir siehst du die Wüste, wo es heiß ist, dann schneebedeckte Berge, das Meer in dem lachende Delphine schwimmen, die weiten Steppen von Afrika mit ihren vielen Tieren. Du schwebst mit deiner Wolke über verschiedene Städte. In Moskau am Roten Platz laufen viele Menschen um die wunderbare Kirche mit den bunten runden Türmen herum, die aussehen, als hätte sie ein Zuckerbäcker gemacht. Die Wolke schwebt mit dir zu einem indischen Tempel. Es brennen Hunderte von Kerzenflammen darin. In den herrlichen Palastgärten stehen alle Yogafiguren, die du kennst, und sind aus Gold gemacht. Der Tempeltänzer ist sogar mit Edelsteinen verziert. Die Wolke trägt dich über Rio de Janeiro. Die Stadt liegt an blauen Meeresbuchten und mitten auf dem Zuckerhut steht eine große Christusfigur mit weit ausgebreiteten Armen und beschützt die Menschen und besonders die Kinder dieser Stadt in Südamerika.

Langsam schwebt deine Wolke mit dir wieder nach Hause zurück und sinkt herunter zu dem Platz, an dem du dich ausruhst und entspannst. Du zählst jetzt »10-9-8-7-6-5-4-3-2-1« und öffnest langsam die Augen, dehnst dich, streckst die Arme und Beine und bist jetzt wunderbar ausgeruht.

In die Kerze schauen

Zwei Geschwister luden Freunde ein, um mit ihnen Yoga zu »spielen«. Es war Abend, und gemeinsam gingen sie in ein Zimmer, wo sie alleine und ungestört waren. Auf einen Schemel stellten sie eine Kerze, die ihnen die Mutter gegeben hatte, und zündeten sie an. Dann setzten sie sich um die Kerze, um die augenreinigende Übung zu machen, bei der sie mit weit geöffneten Augen unverwandt in die Kerzenflamme starrten.
Draußen war der Mond aufgegangen. Es war beruhigend still und warm im Raum durch das geheimnisvolle Licht der Kerzenflamme.

Du starrst mit weit geöffneten Augen unverwandt in die Kerzenflamme, bis die Augen – und oft auch die Nase – zu tränen beginnen. Dann schließt du kurz die Augen, ruhst sie aus und wiederholst die Übung, indem du versuchst, die Augen offen zu halten, ohne die Augenlider zu schließen.
Dann stell dir vor, daß du einen Spaziergang machst, während du in die Flamme blickst, ohne zu blinzeln. Auf einem bequemen schönen Weg spazierst du in ein Land hinein und begegnest all jenen Dingen, die du dir wünschst und die dich glücklich machen.

Eine kleine Maus, ein Kätzchen und eine Dackelmutter mit ihrem Kind hatten sich noch zu den Kindern dazugesetzt.
Plötzlich fühlten die Kinder, daß sie in Zärtlichkeit und Liebe eingehüllt wurden. Genauso, als hielten sie ihre Mutter und ihr Vater beschützend und liebevoll in den Armen. Eingehüllt in diese Liebe blickten die Kinder weiter in die stille Kerzenflamme. Sie bemerkten nicht, daß sich ein Heiliger zu ihnen setzte. Nur ein Vögelchen, das im Schlaf gestört worden war, flog mit ihm ins Zimmer herein und setzte sich auf seinen Turban.
Der Heilige ist der Lehrer aller kleinen Yogawichtl. Immer wenn Kinder um eine Kerzenflamme sitzen und ihre Augen stärken, ihre Gedankenkraft vertiefen und ihr Abwehrsystem aufbauen, ist er unter ihnen. Er weiß ganz genau, was sich jedes Kind wünscht und was es für sein Glück braucht. Und während die Kinder in die Flamme blicken, ohne zu blinzeln, erfüllt er ihnen ihre Wünsche.
Wir wollen dazu sagen, daß uns 1200 Kinder in Briefen und Zeichnungen sagten, daß die Yogaübung *In die Kerze schauen* ihre Lieblingsübung ist – weil man sich dabei am schönsten ausruhen, entspannen und Kraft schöpfen kann.

Susi Rieth

Das Yoga-Lexikon

Ullstein Buch 34946

Ullstein

Dieses Yoga-Lexikon der durch das Fernsehen bekannten österreichischen Autorin bietet Ungewöhnliches: Man kann sich gezielte Übungen gegen spezielle Beschwerden oder auch zur Freude an harmonischen Körperbewegungen heraussuchen. Kopf – Hals – Schulter – Brust – Rücken – Hüfte – Arme – Beine sind acht Hauptabschnitte. Eine Besonderheit ist der Zusammenhang von Yogapositionen mit isometrischen Übungen, so daß Muskelkater vermieden wird. Prägnante Texte, instruktive Bilder – ein umfangreicher und anschaulicher Ratgeber, der den motivierten Anfänger in die Yogalehre einführt.